哨兵（1970.11— ），湖北洪湖人。
出版诗集《江湖志》《清水堡》。
获《人民文学》新浪潮诗歌奖、
第二届《芳草》文学杂志汉语
诗歌双年十佳、《中国作家》
郭沫若诗歌奖优秀奖、《长江
文艺》年度诗歌奖等杂志奖项。
中国作家协会会员，现居武汉。

蓑羽鹤

哨兵 著

中国青年出版社

目录

蒙わ鶴

过庆加村夜间表敬

...元...表。为...他们和我一样

供加村思久起设...表敬，天亮于

...国游...花敬戏，为...

...。过样...我们和我一好

所见...语高...打...，去黑夜里感魂

过洪狮村夜闻丧鼓

悲伤无言以表。有没有谁和我一样
在洪狮村忍受整夜的丧鼓，天亮前
还围着洪湖花鼓戏，为村庄
守灵。这样你就能和我一样
听见汉语敲锣打鼓，在黑夜里喊魂

座 船

上去后才发现是一家安徽人，五十五年前
因为几条红鲤鱼，祖辈让本地人拿渔叉
鸟铳逼进湖底，从此就丢了籍贯
姓氏。像野鹭
天风，在洪湖扑腾
我坐在舱尾，忍着荷梗半燃起的炊烟
闻到了呛人的气味。这是深秋
芦荻已在洪湖白头，一只水蜘蛛
拽着线绳，从苇叶上吊下来
在座船与苇丛间的缝隙，缝完了
最后一针。夕光中
安徽人也补好渔网上那几口
破洞。而关于洪湖与外省渔民的空白
我不知道该从哪里谈起。要是我也能忍受
这些：漂泊，孤独……我肯定选择
不做人，做座船
或洪湖的隐士，被世界遗忘
却已安命立身

洪湖之夜

鸟类救治船锚在湿地保护站
在这片阔达万亩的无人区，守湖人
整晚都想着多年前离世的妻子
洪湖之夜。除了风，就是潜水鸭
鸳鸯还有其他鸟儿的求偶声

雨

金湾村形如一把老渔梭扎在洪湖，常年
多雨。几个二流子总想把那片芦苇滩
开发成旅游区，还想将这台废灯塔
改造为地标建筑，用广告漆命名
好望角。我惊叹第五代渔民
对洪湖的想象。但我告诉他们
最好用纯黑漆，表达对雨的怀念
哀思和所有无以言表的沉痛
在朝湖的那面土墙上，喷绘这行
汉字：少女的百慕大。这是雨
的历史，不是地理学。五十年前
这把老渔梭，也曾被一场雨
在冬天，淋湿。八个女孩结伴
逛了一趟二十公里外的县城
回村，就随着那场冬雨
在这片芦苇滩，投湖
走失。第二年春雨
也没能揪着返青的苇叶
爬进村……也许，是发自

对金湾村的绝望，或者对县城的爱
还有对洪湖的信任吧。但那场雨
藏着我对世界的怀疑。有关
雨，我不知道洪湖是喜欢春天的
还是冬天的。但我恨
雨，让金湾村失去了八位妻子
母亲和祖母。但雨
不遂我愿，年年都落在洪湖
也落在金湾村，像一代一代的
渔民。而当我替他们在这把老渔梭上
忙活，开着游艇奔进这场
雨，我总觉得那打湿我眼帘的
不是天外来物，是人、和
命运。迎面朝我扑来
却被洪湖吞没

雪

每年平安夜我都要下湖去寻天鹅
就当是访亲。这一夜。在城里
我早就烦透了人提前狂欢，只想
进湿地去看鸟，顺带打听点天外事
也许真有天意吧。12月24日
中午，凑巧我还赶上了一场雪。岁末
又至。我满以为今昔和往昔一样
又没有谁愿意来我这里。几个故交
不是跑到国外，就是待在大都市
都没有空来洪湖。除了这场雪
想起来真让人难受。就在这道
离城最近的入湖口，连北风
似乎也在有意为难我，风吹洪湖
却吹来芦排和腐草，以及一些
叫不出名的烂东西，堵住了水路
而当我转道三十公里外的风口，雪
就小了起来。我的难受不知怎么
却重了几分。这使得我在船头行走
简直扶不稳自己。但我知道

并不是因为这场愈刮愈紧的北风
而是因为越下越小的雪，还有
伤心。我只好蜷在舱里，一边望着
蒿丛找寻去年的那家天鹅，一边
把这场风雪想成友人。但我只
看见了獐鸡、麻鸭……我要寻的
天鹅，似乎是虚无。天快黑的时候
我就开始安慰自己。天鹅
来不来有什么关系呢？白鹳
来自贝加尔湖，鹈鹕飞越过澳洲
……每一只鸟儿，都来自世界
却不沾染泥尘。高贵、超然
闲适，多像那些友人

深 渊

地理书上这样描述洪湖：千湖之省
最大的湖，中国第七大淡水湖，因长江
冲集而成。所以，可以这样看待
那几个坐在夜雨中的人：他们
有深渊，收集雨水和长江
无法带走的厄运。
在这座不知名的小渔村
六七个老渔民
正拢袖缩头
仿佛水鬼
围着一盏十五瓦灯泡
你盯着我的黑影，我瞅着
你的脚尖，低眉顺目
聊子孙和鱼蟹长势，间或
也聊到睡在坟地里的婆姨
聊过气的爱情，打发
风吹雨打的光阴。
在这里
语言比风雨迟缓

有力，穿透人间悲喜
早已抵达湖中万物
与语言本身。
尽管雨大得像是要冲垮那道围堤
但没有人想迁往村外的高地。
他们似乎适应了大水里的生活
像鱼，埋在深渊里

风

唯有风够格论说洪湖。所有谈及
蓝丝草、紫鸭、黑鱼、诗歌的
请给我统统闭嘴——你们属于人
理解不了人外。比如在清水堡
在安徽渔村，移民们在水葫芦上
搭起畜栏，却从没有养大过猪
这个词。在洪湖，词即厄运
不是被风打散，就是患上孤独症
在风中惊吓至死。没有
一种事物可以阻挡风，所以
每一阵风都是所打之词的哀歌
或悼词。关于风，我与朋友
在离岸二十公里的湖上，谈过
这种事物。但依他们看来
风不是移民，更不是虚无
风仅仅是空气。钻入河南座船
又转进山东水寨并游遍所有
外乡人的村子，我总算明白了
这样论说风，洪湖将变得

意趣盎然。包括流浪与返乡
忧伤与幸福、爱和恨、欲
和女人。包括我，这样的土著
也会成为移民。昨晚我曾与
某个女人待在洪湖，听风和她的
喘息。像很多年前我搂紧妈妈
站在供销社的糖果柜前制造语词
哄瞒大人，试图得到这个世界的甜
蜜。那种欣喜和渴求，来自想象
却没逾越过舌头和童年的身体。她
一直也在欺骗母亲。风吹洪湖
她的身体是水莲，在水面颤晃
二十年来她母亲却唤她另一个词
荷花。这命名的荒诞，不仅仅
与她有关，更是你们的。人类的
"别管它，"她说。因为过完
这场风，她就会嫁到江西
不属于洪湖。因为下一场风
正等在身后，将吹走另一个女人

我想，她肯定知道那些移民该如何

回去。不凭婚姻和爱，靠肉体

语词中最柔软的一部分。在洪湖

风像归途，却如噩梦。我记得昨夜

她做过的梦，双手抓向空中

似乎想揪住那阵风。整晚

她都在向风哀求：风

风……别把我吹出洪湖

霜

昨夜霜打清水堡细如粉笔灰
透过舱，我望见薄雾
还有虚无，抹白了浮萍
船帮和洪湖。就像
值日生，擦除黑板上的语词
公式、对世界的定义以及那些
貌似真理的东西后，撒下
痕印。在洪湖以西一张三脚
楝树桌旁边，我似乎又坐回了
启蒙学堂，听五六个老人
如私塾先生，口授世事
人生和对洪湖的看法
我不知道那轮冷月
待在湖水里，为什么要从舱缝
挤进来，旁听我们在秋天深处的
谈话。起身续水不小心踩响
矮床边的那道月光时，突然间
我想起了李白。我发现世界
并没有什么变化，床前

明月光，怎么看都是一场
霜。也许是出于得意吧
或者、想驱赶洪湖的沉闷与
孤单。重新坐回黑地之前
望着湖上的亮光，不知怎么
我却想起了儿子。那小子
在北方会遇上麻烦的。前天
他发来电子信件，说并不需要我
寄去的那条毛裤。那狗日的
幻想用年轻，去对付这个世界的
冷——随便！王黎同学——
我说……老人们离舱时，忍不住
我又望了一眼湖上的亮光，还有
霜。没有风，我却哆嗦了两下
一次是为儿子，第二次为
洪湖。和我一起已熬至中年
却还停在懵懂期，吃着我吃剩的
粉笔灰，领受可笑的教化

命 运

只有木船知道我想要去哪里。从挖沟子
到茶坛岛，然后，到张坊村，再往前
就是世界的尽头。在洪湖，我每天都走着
不同的水路，经过许多相同的芦荡
蒿丛。这众鸟的子宫
孕育野禽，也孕育
外省渔民。在洪湖
语言相隔七省十八个县的距离，仿佛
鸟鸣。在洪湖，写诗比庸医
更可耻。无论我
多么热爱，也不可能
把那些未名的渔村，书写成
县人民医院，更不可能
把那个临盆的难产儿，书写成
顺利降生

甲 鱼

午后，趁我在书桌边走神
甲鱼从洪湖归来，躲进紫云英

紫色的下午，她背负铠甲
逃匿，母仪万方

我注意到她循着自己的路线找归宿
缩头，安身枯叶，考虑产一窝蛋

为洪湖哺养子孙，呈给
人类的筵席。想到鳖

脚鱼，更有不堪的名声仿佛
诗人，她就挖好土坑埋了自己

与天地合一：洪湖的兽
精通掘墓，比我面对汉语

更专业。但没有谁是甲鱼
谁也不知甲鱼乐。亦如没有人是我

怎么懂我悲欣。我想学她
爱这个世界，却从这个世界

消失，从不在乎落得如此下场
是被红烧，还是清蒸

天 鹅

天鹅蜷在浅滩上打瞌睡，脑袋
埋进双翅，伪装成大白鹅

一条腿在高倍军用望远镜里
孤立，却暴露行踪。脚环

烙有俄文。看起来天鹅
已放弃在洪湖与贝加尔湖间迁徙

在故土与他乡间，天鹅
厌倦把生命伪装成家的隐喻

洪湖螃蟹的生活史

惊蛰过后，三成左右的螃蟹
会死于脱壳。从童年开始蜕变
长江水系的河蟹，更像
一个优秀诗人，具备
自生自灭的勇气。而少年时代
发于清明。我在湖边挖坟
埋祖母，螃蟹忙着打洞
做亲人的邻居。所以这些年
我一直都在向螃蟹学习
独居，寡言
写诗，试图打听到先知下落
对于洪湖螃蟹的生活史
我还知道它的青壮期始于
端午，如先楚
决绝，如我辞去公职
自切钳螯，以求
在泥沙俱下的日子
保全自己。重阳风吹老湖水
也吹来暮年。洪湖螃蟹

只自啄腹中蟹黄为食

和那些靠回忆度日的老人一样

下雪之前，洪湖螃蟹

会选一块荒坡，独自离世

鳝 鱼

在长途贩运的农用大卡上，在夜市
烧烤架边，鳝鱼盘算着

如何从白铁桶或塑料盆里逃生
溜进江滩公园，重返出生地

离开洪湖前，鳝鱼
昼伏夜出，像诗人

一生都忙着改变自己
前半辈子是雌性，后半辈子

称雄，却大隐于野
穴居蓝丝草或水葫芦

自吐鱼沫，属母爱
父爱，属语词

在洪湖方言里

口述地方志

作为逆性生长的冷血物种，世代
与自身的谜题缠斗，为续写家谱

却顺应季节，思量着赶在冬眠前
产下一群女儿。那时，捕捞船

彻夜翻耕雪地，农用大卡摁动电喇叭
挤在出湖的村路上呵斥。为躲避

人间欢宴，鳝鱼
从梦中醒来，再次濡湿

洪湖，钻入更深的泥里
如隐士保存个人史

莲

所有的莲都源自淤泥，像我
来自洪湖。这不是隐喻

是出生地。所有的莲
来到这个世界，都得在荷叶中挺住

练习孤立。像我在洪湖
总把人当作莲的变种。而有些莲

却像人类学习爱，自授花粉
成为并蒂。这不是隐喻

是人性，但就算这个世界充满爱
让我认莲为亲，随三月的雨

在浮萍和凤眼蓝底下寻根
沉湖，沉得比洪湖还低

我也会辜负淤泥，整个夏天

开不出花来，如诗

叛离汉语。这不是隐喻
是人生。而所有的莲

都在秋日里成熟着，坐化为
绿色的果，肉身

成道，成全美
和形容词。这不是隐喻

是虚无。而所有的莲
赶在雪落洪湖前，都将离开

淤泥，如浪子
忤逆故土，步入衰老和死亡

在水产品交易行，所有的莲
论两出售，裹着莲心

小小的苦楚，便宜得等同白送
愧于分出高贵与贫贱。这不是隐喻

是现实。所有的莲
只愿烂在洪湖，化作淤泥

红脚鹬

我曾与一只被网猎的红脚鹬长久对视

那时我六岁，斜躺在

父亲怀里，与那只水鸟

处在相同的生长期。我记得

红脚鹬，羽毛

纯白，尖嘴

深黑，瞳仁

湖蓝色，闪动芦苇的影子

大人们蹲在网外，小声争吵

怎么样烹了这一只水鸟。红脚鹬

却撑开翅膀，撞向

那张网。我知道

红脚鹬想干什么，水鸟

只愿飞回洪湖。就像我在童年

只崇拜父亲

紫水鸡

雪落时紫水鸡围着冬眠的泥鳅
蝇蛹，在枯荷中

纠缠了一个下午
不在乎七彩翎和羽翼

雪落时紫水鸡就真的变成
二流诗人，在洪湖

扎堆，为汉语之外的东西
吵出一地鸡毛

遇白枕鹤求偶，想到放弃

日落前，我发现那只公鹤在芦苇丛中
弄出了大动静。叫声
如多年前赤卫队攻打县城
吹响了牛号角。没打动
母鹤，却摧毁了我
对诗的看法。日落后
白枕鹤还在洪湖表达自己的爱
我放弃抒情

从东方白鹳谈起

湿地观测船边，两只东方白鹳
在那块结冰的浅滩与本地花田鸡

斗了一个下午。来自欧洲大陆的鸟儿
横太平洋，越喜马拉雅

只为争抢洪湖的田螺
蚌壳和地盘，当作世界的终极意义

毫不在惜弄脏自己的羽毛
鸟翅。我兀自站立

在这架军用监控仪屏幕上，我
和两只东方白鹳没显出什么不同

囊中雀鸟

窗中囊的雀鸟躲在父鸟身边。支走吾眼
先走的啄

囊的鹤打开乐谱架，打扫的加入
分唱团

驾舰路过那些岛，我五港听遇见过地们
终身的一夫妻，比我更懂爱

许世界，古铜色的口喙
就有小地方人的喝酒，属城的

人卖的，围着圈
互端、两乳古盖盆中忽得发黑。

蓑羽鹤

雪雾中蓑羽鹤躲在众鸟外边，支起长腿
洗翅膀

蓑羽鹤打开乐谱架，却拒绝加入
合唱团

驾船路过阳柴岛，我在洪湖遇见过她们
终身的一夫一妻，比我更懂爱

这个世界。古铜色的喙
藏有小地方人的嘴脸，属我的

属人类的，因羞涩
怯懦，面孔在黄昏中憋得发黑

补网记

整个晚上那个老人都坐在星空下
补那张网

醺光中我总算学会了这门手艺
去对付世界的线头

汽艇诵

汽艇刺破洪湖。汽艇不过是在贩运
鱼虾，或满载观光客

去同一片风景区。汽艇
却能追着目标飞奔，心怀去途

理想和归宿，仿佛
真理在握。而我整日无所事事

我相信此生将会如此幸福
斜躺在岸上，远眺洪湖和我小时候

在图画本上划下的苍茫
一模一样。感谢汽艇

让我在平原
见识过波澜壮阔的生活

透过逝浪，我几乎看穿
一生的荒诞和虚妄

超级月亮之夜，在湖边遛狗

城外陵园旁

靠洪湖的松树林附近，这条小型萨摩耶犬比我

更理解这个世界，一直趴在水边呼唤那两枚

超级月亮。但我懒得去想明月

与悲欢的关系。从滨湖乡

到新堤镇，我已穿过整整四座村子

只想在墓地边躺下。这不代表我愿为洪湖

献身，替明月

赴死。夜风

绕过那片松树林，送来了宁静

幸福。十来步开外

一头老水牛边反刍，边警惕

我们是否会跨过土埂，践踏那块草地

在洪湖的暗处，大动物

有大心脏，只嚼青草

谈论自己，从不在乎明月夜

松树林

日落前过蒋庄村，闻鸭倌呼唤

傍晚时那个老人走下漫坡，边
打响杉木梆子，边呼唤
洪湖。如楚巫持幡
祭祀。古铜色的脸因夕照和
野莲酒而泛红。天黑前
他要从芦苇地里把一千只翘鼻麻鸭
喊进村，却在漫坡上唤出红腹锦鸡
牛背鹭、黑鹳和众神

霜降诗

才下第一场霜
小河村进湖的土路就消失了
除了我愿意走这条牲口踩出的便道
再没有人知晓去洪湖的捷径。一只花翎野鸡
从藕塘里升起，循着我要走的道
却先于我抵达那座码头。我很高兴
才下第一场霜，飞鸟就比人类
更懂一个诗人要干什么

去途诗

桥归桥，路归路，本虚无
从曾家湾去张坊村，借别人的
雅马哈汽艇，我一直在走
自己的路，早已不在乎水道
方位和归宿。几丛芦苇和野荷荡
守着无人的湖面，庇护潜水鸭
黑鹳和叫不出名的鸟儿，却成为
游客的风景，堵住我的去途。
无所谓的。我从不走旅游路线
只会拐进荒僻处，探寻
世界的隐秘。暮秋里，水莲
老得比时间还快，早在夏末
就苟存于洪湖，拿死亡
自救。而迁徙的紫雁落满滩涂
唤着同伴，忙于清洗翅膀
羽毛。薄雾中，我怎么能失去
这些：人性的启蒙
语词的象征和爱？而偶遇的鹭群
都如宿命，把这艘八十马力的汽艇

和我，当作尾浪和消散之物

一路追逐。而那只加速版螺旋桨

怎么看都在重复我的生活，饱受洪湖

困扰，被黄丝草纠缠

如搁浅的湖怪。但我并无悲怆

从曾家湾去张坊村，我一直小心

伺弄这台机器。它是另一个我

花哨又自以为是。而岸

还远在村口，破旧的渔网

浮萍，所有柔软之物

都让我在洪湖遭遇灭顶

渔 村

该有一座渔村，残败
凋敝，空无一人，却留有
容身地，让在废墟上
安享晚年。我会拜椿木船为师
不管风浪多大，都能掌握
忍受颠簸和痛苦的窍门。我还会学
拴缆桩，无论谁扔下绞绳
也能安如磐石。我将向洪湖保护局
申请，拆走风力发电机
别左边摇几圈右边晃几下，转得人
不知所措。一个人待在这个地方
我已不需要那些光和电。天气
糟糕，凭湖面
返照，我就能辨明自己的路和
余生。气象好起来
我也不会循着那些便道
出湖。在渔村。我只关心日月
走势，至于读过的
见过的、网上的，与世界难题

爱恨，我都已经忘记。在这个丢失
手机信号的村子，我只能从时代
走失。在渔村
可找到我的，一是
植物，二是
飞禽。有时是
枯苇，又是
离雁。我只活于鸟语
不待在人言

故乡诗

进湖。我常常加大十四马力
挂桨机的油门，却不知道要去哪里

我常常认为大水
含悲。在洪湖

有时是哀伤，或者忧愁
让我迷失。但我知道阳柴村

茶坛、曾家湾和张坊，我知道孤岛
如我的慢性病，埋在洪湖

但无论我的想象多么辽阔
语词抵达百里外的县界

我也不能重新命名飞禽
水生植物和那些没有户籍的渔民

我不知道写什么样的诗

送给洪湖，才能穷尽厄运：漂泊

孤独、隐忍。我不知道哪句
汉语不是象征和隐喻，可打船

建村，造水上的故乡。汉语
什么时候不是故乡

藕

每年夏天舒水发送我出湖总要西去
螺山村。木船应该掉头往东
下伍家窑，那儿有挖藕妇
踩下的一条便道，直通
城东农贸市场。但我乐意舒水发
玩这一手迷路的把戏，在水上
耍弄我。洪湖西去
有浅滩，有荒僻连着
渔村二十公里，有野荷
接天，在水穷处
出没。总让我觉得自己是古人
王维，只和大唐有关，与小县城
毫无瓜葛。但莲花还有荷梗
却要牵扯我。等到船陷浅滩舒水发
就会开始叫骂。有时是指责水草
缠住了桨，间或也会埋怨挖藕妇
横断了水路。让这个艄公
骂吧。八年前他老婆也曾是
那些女人中的一个，却不知怎么让

藕贩子拐去了广东。但这里是
阳柴村，湖中最大的岛
我看见舒水发家的茅屋，败得
像伤心地。想到我听说过的：
比如爱恨，也包括承担
受难和羞耻，以及一个人怎么能
光靠愤懑去面对孤独和洪湖？我央求
那个老鳜夫，只管赶我们的水路
别迁怒于烂在泥水里的，更别去招惹
女人们。在我看来，女人们下湖
挖藕，简直就像天使从另一个世界
取回自己。我惊叹她们的胳膊
大腿和腰身，与藕枝
完全一致。透过荷荡上变形的光线
望过去，我甚至怀疑女娲
捏造人类，应不是依据神话
而是比照洪湖的藕。而在一场
语言的暴力美学中，在湖上
女人们总有办法打败我们
对藕的非份之念。最险的一次
舒水发差点变成老藕，被踩进洪湖

挖藕诗

荒滩上有一伙人在挖藕
远远望去，像是在给自己掘墓

连小孩和娘们，也精通洪湖的
遁世术。剔枯梗
刨坑，戽水。把自己埋进湖里
天黑时，那些泥脑袋
就会从湖底拱出来，如荷花
断头，却能接骨
自救成藕

天再暗一点，湿地保护局和博物馆
也同意。那几个还在抢锹的汉子
貌似野鬼，肯定会变成洪湖的掘墓人
掀翻湖底，找到那座沉水的古楚郡
要知道古钱的价值，远大于
淤泥里的葬词：藕

在古楚的最低处
在洪湖。每一锹土都是在培坟
每一个词都是白骨

打渔诗

网底串满鹅卵石坠子，松木筏上
三手人分工精准：摇桨
撒网，收绳，才能打鱼。在洪湖
我只写比世界重三倍的诗，拖拽历史
现实和未知

霾：PM2.5 之诗

没谁知道霾为什么落在洪湖。但有人找到
新词 PM2.5，替换了空气。在洪湖
汉语已无力表达这些：虚无，还有
活命的东西。多年前
我只是十来岁的少年郎，在湖北
眺望南岸，就可以望见岳阳楼
矮似村庙，汨罗江细如小溪
多年来我一直与古楚和唐宋为邻
住在世界的外面，见山不是山
看水不是水。活到现在
这把年纪，我怎么可能操心新词
PM2.5 呢。而霾
又落在洪湖，就算我坐在岸边
像个少年，想把爱过的山水
再爱一次。但我已看不见我爱的世界
在哪里。在洪湖，我一直在替古人
担忧空气

咳　嗽

夜半赶路没有人可以把持湖上的孤单
碰见有船对过来我总会忍不住咳嗽
一半是因为难受，觉得自己伤风
或患有别的病。这样我便能听见洪湖的动静
在黑暗中，得到世界的呼应

赶在春节上班前，

雨雾中从渔村访友归来所闻

吴家窑的油菜地在第一场春雨里急着

开出了花。我有一张返程票根却不急着

离开洪湖。年底在长途汽车站

我就找那个好看的女售票员

弄了一趟好班次。这些年

唯有在洪湖，诗

才是我的通行证。而雨

这么稠，雾

又这么浓，雨雾

让洪湖在村外，近乎

消失。而这些年

我散淡的生活，让世界

在我的眼里，也早已等于

无。这个春天

我可以找出多重理由

扔掉工作，在黄昏

访友，见想见的人和

事。天快黑时

一只苍鹭沿着我出村的小道
一路赶过来，却钻入油菜花里
叫了好一阵子。隔着雨雾
我不知道它在喊什么

二十五年后在湖上再次驾船

清早下湖
敲开 0 号柴油桶上的冰
取出引火棉
天冷得打不着 ZIPPO 火机
更别谈预热这条木船的引擎
北风六级。一行白琵鹭
上螺山村，横长江
飞往邻省湖南，将去洞庭湖过冬
我没打算走那么远，像候鸟
离开洪湖。朋友们在对岸敲锣打鼓
替儿女张罗婚事，我一年年老去
老得不像船夫，像诗人

拎不动这杆铁摇柄。我认命
我肯定成不了洪湖的屈原或杜甫
上次，我走这条水道
是在二十五年前。左满舵
转进右岸的蒿林，右满舵
拐入左滩的野荷荡。二十五年来
唯有逆着人类的方向，我才能抵达
要去的地方。现在，该擦洗舵仓
发动引擎，好赶在下雪前靠岸
送去我的祝福。而那一行白琵鹭
早已飞出我的视线，黎明时就离开洪湖

落日诗

日落江湖白，潮来天地青
　　　　——王维《送邢桂州》

落日难以穷尽。譬如此刻
该怎么描述那枚残阳，从合欢树顶
坠入桃林和灌木丛，又顺着缓坡
滚向那群饮水的村牛，在犄角
挂上暮晚。在洪湖入江口
没有谁能拯救落日

日落江湖，王维留白
仅余大美，却无力描述这枚残阳
在消失之前，从血红被染为暗褐色又被熏黑
成暮晚和暮年。唯有这群牛
四脚着地，在洪湖入江口
饮水，挤在一起谈论世界的重大话题

绕口令：莲

荷花是荷花，莲蓬是莲蓬

都不是莲。在瞿家湾镇的荷花荡

一个人拿五十年植莲的手艺

向我保证，除了荷花

除了莲蓬，在洪湖

没有谁见过莲。直等到暮色

把万亩荷花荡由翠绿染成黑灰色

他才向我提及莲和淤泥的关系。他说荷花

不是莲，莲蓬也不是。都在水里

谁容易啊

洪湖东岸，中秋在官墩码头
无人摆渡，小赌半日

洪湖东岸那些从未命名的河汊缠着这条
去官墩码头的土路

混在一辆贩运河虾的皮卡车上
我来到这里。一个叫四儿的朋友
逆着我走的道，贩螃蟹和甲鱼
进城，却在赌场走失
死于厄运

在这里，在两粒骨白色骰子的周围
所有官墩人和我，都像我的朋友
整天围着洪湖，祈祷
诅咒，欢度中秋
洪湖可以忍受这一切，我不能

我不能忍受野渡
横舟。对于官墩村
洪湖，还有这个世界

我已失去耐心，我甚至不能忍受月亮
照常又从码头升起

年过不惑，我仍然抽得出时间
下湖，拿月饼和野莲酒
践约，在月亮落下去的地方与那对老年
丧子的夫妻团聚。而这点礼物
除了我，已没人在乎

在官墩码头，可惜我不能捞起水中月
押上，与村庄赌最后一把

论　赌

无风三尺浪。金塘垸的张小武总抱怨洪湖
是一面大赌桌，整年被挤得摇摇
晃晃，连笨头鱼和紫水鸭
也在同洪湖打赌，逃出迷魂阵网
但不见赢家。在金塘垸
张小武已输光这些：一双儿女
老婆，三口精养池子
两条座船。欠下满身烂债
像惊鹭，不知躲在哪里。而金塘垸
从来不缺赌棍，如洪湖从不来缺渔村
就在那片滩涂，几个懵童

抛贝壳当掷骰子，大声叫骂着什么
原谅童言吧。孩子没有赌资
唯有语词。多年前我也曾诅咒过
这个世界：长辈、亲人和洪湖
若论现在我还有哪些可赌物：中年
湖北第一大淡水湖，故乡……
我一一押上，只求和那个叫命运的
宝馆老爷，最后玩一把大的
请赔我一个兄弟
张小武已在洪湖消失

原谅诗

写一天诗，等于白白浪费
二十四个小时。请原谅汉语
在洪湖，无力为潜水鸭和渔民
搭起故居。我有家
没有星月，也能借湖面反光
穿过这条岔路。要是有一条船
趁着夜色轰响十四匹马力柴油机
朝我奔来，天黑后
就有人原谅我白白浪费
一生的光阴和语词

岸：渔民病历

渔民在县人民医院疑难杂症科抱怨
洪湖的岸：头晕
眼花。呕吐……上岸
我就会怀上这个年代所有的病

而回到渔村，在没人知晓的那个
世界，在双底水泥趸上
在永不沉没的渔船里，被风浪
摇晃，我才觉得自己是婴儿
睡在摇篮，被洪湖慢慢摇晃成人

我一直去无人区

每次更换加装版渔船下湖
我都不知道想写什么。自生自灭
都能建一间栖息所，哺育
自由和天性，筑只鸟巢
也可修一座敬老院、修语词
养老送终。每次将笔抽出，去田野
间
自耕自收，想象去养那些离
人类、成为沉默孤儿。亦当强迫
把日子去原地打磨，却能将那
女马神命这间窝行一含英
从不吃讨稻梁、也尽享一生的幸福
水葬字句，身负表象之苦
却比我更为忍受这折新而悲辛
我因为寻找做人的可能、每次
更换加装版渔船下湖、我一直去
无人区。

我一直在无人区

每次追着加速版渔船下湖
我都不知道想寻什么。每朵白云
似乎都能建一间托儿所，哺育
自由和天性。每只鸟巢
也可以修一家敬老院，为语词
养老送终。每次拧紧油门，在沮草
白鹳间出没，总像在赶紧逃离
人类，成为自己的孤儿。而螺旋桨
如日子在原地打转，却能渡我
在两种命运间穿行——鸟类
从不乞讨稻粱，也尽享一生的幸福
水藻漂泊，身负丧家之苦
却比我更为忍受这个世界的悲辛
就因为寻找做人的可能，每次
追着加速版渔船下湖，我一直在
无人区

清水堡

都知道清水堡从不长水草，只埋着一座
殷商年代的城。天气好的时候
在湖底，我能望见那些断垣
残廓，挂满游云。几个考古学家
告诉我，清水堡清澈
透明，不生杂草，因为古代的砖瓦
城基，吸纳了洪湖的淤泥。但在清水堡
我从来不相信考古学，只相信历史
相信清水堡住着古人，在替我除草
剔杂，重修那座塌了的城

又上清水堡庙

三月暴雪压垮了清水堡庙
五六只黑鹳
趴在那根檩条的断口处
为争抢一窝白蚁
吵得不可开交。每扑腾一下
都会抖落腐木渣和颓败的东西
我静静地站在黄昏里
思忖，要更换哪种立柱
才能撑起坍塌的一角
我的脸避着风
一队反嘴鹬藏在雪地里
相互叫着，准备离开洪湖
迁往欧洲大陆，去这个星球的背面

在洪湖湿地核心区，见看船狗抓鱼

神仙难打六月鱼，我只好坐在洪湖
湿地核心区的守护船上掰莲子
边聆听荷叶荡里的虫鸣
混着蒿林中凤头潜鸭的嘎嘎声
应和这只看船狗，在土埂上的暮色里
跳跃，轻吠那团疟蚊。刚刚入夏
孑孓虫贴水，就忙着从青刁鱼口里
逃生，一夜间破蛹成蚊
和小蜻蜓差不多长短。在洪湖
没有一件事不关涉如何挣脱宿命
除了这只看船狗。从我进湖时开始
这只十一岁高龄的狗，眼睛
就一直亮着，羞怯
兴奋，像渔家孩子遇见远客
无法压制自己的幸福，竖起尾巴
总想替我做点什么。我直起腰
直到这只老黄狗游过那一道涧沟
在回流处，与今年最后产卵的银鲫
较起劲来。我发现，洪湖比我出生时

已瘦了很多。但在这片
离人类二十公里远的核心区
在六月，还有一种力量
接近神秘。不然，那只看船狗
不会趁着月色，抓起半尺多长的红鲤
让我享用一顿地道的晚餐

鱼虾绞肉机

你能忍受洪湖吗

你会在早上捕鱼捞虾，晚上摇动

那只单柄把手，把鱼虾

绞成肉浆，喂养鳖

龟和洪湖的兽？这样你就能发现鱼虾

卷进绞肉机前，一直冷眼瞅着

那口双架刀片，如同洪湖

看待世界的方式

狗

在离所有渔村均为二十里水路远的地方
人类之外，在洪湖湿地救治船上
整个晚上我都在研究这只
狗。听我说：狗
七岁，看船人
唯一的伴，蜷在小酒桌下
我与主人的脚旁，有时候像个
乖乖。而一旦我们聊完
二十里水路外的某个女人，停下话
想小啜两口。狗
就会昂起脑袋，咬紧水中的那轮残月
狂吠。但当我们转向仓外
瞅着湖面微光，又谈起人间
悲欢，这只七岁的狗
安静得就像睡婴听见了
摇篮曲。真是邪门——在洪湖
汉语抚慰过一只狗。我命属
此兽

鸟

去年春上有拍客求我做向导进洪湖
无人区，去拍须浮鸥鸟
如何相爱，又怎样爱上芦苇林
菰草和这个世界。也是因为爱吧
还因我对鸟类和另一个世界
完全无知。我随手犯下的罪行
有一桩至今都让我不寒而栗
途经那片浅滩，在芡实上我只
拣走一枚鸟蛋，想带进城去孵出
幼雏。俯下身我还替须浮鸥收拾过
那只鸟窝，就像整理自己的书房
或家居。对我来说，蓝丝草
还有野荷，一样也撑着我的世界
和精神，我绝不容许别人弄触
任何一根细枝，更不屑说
那个拍客。我猜，须浮鸥鸟
应该赞同我对草类的看法。就在
我住手刚要离开时，第一声
呼哨，不知怎么就炸响了。起先

我是一双鸟的死敌。接着是
百来只的。后来，一大团鸟云
哄卷着，就把我打进沼泽
差点被淹死。直到我交出那枚
小东西，仿佛偷儿退还赃物
须浮鸥依旧停在风中怒斥我的
行径。有拍客记下这一幕：
在洪湖，众鸟放过我的同道和
人类，而来自另一个世界的
却决不肯宽饶我

大 鸟

大鸟从不聒噪，从不伙同乌鸦或喜鹊落进村子妄言
悲喜，从不为争抢水蜉子
裹腹，与蓑羽鹤
小鹏鹏、水雉、麻鸭或
同类，在芡实与芦荻间理论
整个黄昏。众声
喧哗。大鸟
只是在洪湖清洗
自身。没人可认出那是什么鸟儿

要多少年我才能轻如大鸟不为人知
要多少年我才能爱惜这些：语言，羽毛，翅膀

五行：以天干的方式看鸟

甲：白头鸳之夜

夜未央。隐约的祭鼓
响自旅店外那只刚刚丧偶的白头鸳

在雪雾纠结黄丝草的洪湖。有孤客
独酌，闻小哀歌
当下酒菜

乙：红茶隼之忧

红茶隼的忧虑，是众星和亡祖
在头顶散尽的脚步，是早朝
上班的打卡声

鸟鸣，已写下第一行诗
起于城中悲欢，并非本能

丙：黑鹳之殇

坏天气只会让黑鹳在大湖上挤得更紧，
相互取暖，慰藉。而丫头们
在水边酒吧，也喜欢挽手闲聊
着紧身黑工作服。世界的美
一直都处在糟糕的气象中

丁：鱼鹰之境

性忠贞的鱼鹰，又名关雎

但驯鸟人早已在潜水者的脖颈上
勒紧皮圈，仿佛绞刑

是这样的——诗歌的鼻祖
正被谋杀。自亘古

戊：紫水鸡之冬

整整一个冬。紫水鸡都匿身乱苇丛
在无人区，清洗南半球的泥尘

那些美名和耐心

深藏在人类目光与想象之
外，来自世界的对立面

　　己：须浮鸥之卵

难以区分的，是这些小人儿

绿色的村庄，深蓝的湖
灰褐色的县城，还有鲜红的心

须浮鸥，在芡实叶上
摆有四道难题——大命运的

　　庚：大尾莺之秋。

别担心这场秋风会刮坏大尾莺的巢
别担心和麻雀差不多的家伙会身陷失家之苦
别担心洪湖隐士如何过夜

随遇而安

我了解世外

辛：栗苇鸦之夏

栗苇鸦叼出小泥鳅。儿时的
身影，掠过湖面

我总算找到了童年
在野荷花间，天空下的早餐

正喂养朝云的梦，及虚无

壬：白鹭之春

一行白鹭飞入银匠铺

波光
老艺人打制盛大的临盆

不是吗？众鹭怀春
出雏。唯洪湖，能接生另一个世界

癸：乌鸦之命

大雾天。乌鸦在湖滩上总是走走停停
不吭一声。如瞎子窜乡，去赶一桩
好生意。谁撞上乌鸦
沉默，谁就遭遇了这些：

命运，鬼祟

逃避诗歌朗诵会

上茶坛岛听鸟

我拒绝诗歌朗诵会的喧嚣
我躺在菰草里
这不是说我准备在茶坛岛
赴死，是阵阵鸟鸣
送来真正的喧嚣，让我在洪湖
安魂。以浅滩为背景
灰鹤、紫水鸡、大白鹭和棕背伯劳
从清早一直吵进黄昏，却不知道
在争论什么。天快黑时
一只叫不出名的鸟，拍打
双翅。我抬头
就望见它从芦苇里升起来
离开了同类

水 雉

仲夏时分早就过了众鸟的孵化期，但在洪湖
湿地保护区，一只水雉
却趴在芡实上，捂实那窝鸟蛋
横住了我的去途。整个傍晚
我们就这样默不做声，彼此
对峙，似友
更像死敌。时光
就此倒流，湖面上的空寂
和薄雾，仿佛战争过后的惨景。
我期待着它能快点飞走，好让我
赶在天黑前，打探清楚
七十年前水牢的位置。但水雉
却堵在独木舟前，神态安详
镇定，丝毫不亚于
那些受刑领死的先哲

寻

春光乱眼。去年的那对老鸳鸯
正领着一窝小的，钻进苦草堆觅食
练习发声。我却不知道
钻到哪里，去寻唯一的护鸟人
张圣元。我想，我要是贾岛就好了
那几个小家伙一定会告诉我
它们的师傅，那个老光棍
藏在哪一丛春光里。但我得祝福
春光，把走失的荷叶、苇子和洪湖
一一给寻回来了，祝福众鸟
又添新丁。而洪湖一直在做加法
答案等于春光乱眼，没有我要
寻的。连我刚刚走过的地方
也多出了七八只幼雏。每到嫩喙
仰对暮云，"哦……哦"
叫上一两声，就有母鸳塞过来绿豆鱼
螺蛳和晚餐。语言
可以活命。我想，护鸟人
不会反对我对语词的膜拜和尊崇

要知道张圣元早年是一把捕鸟好手
懂 269 种鸟语，才在湿地保护局谋上
这份美差。不用去偷朱鹮
盗东方白鹳……更不用蹲班房
苦度余生。可吃了那么多好东西
张圣元也没能尝到洪湖
最美好的。比如婆娘，比如爱
二十年了吧，这个老光棍
只好把水鸟，当作女人
寻着。春光乱眼
近于无，都不是要
寻的

愧

每次去官墩渔村我总会替孙老四捎带点糖果
或孩子们喜欢吃的零食

每次孙老四都会咧开兔唇盯着我的采访包
朝洪湖傻笑，赞美我是菩萨派来的

其实我知道这个表兄妹开亲后生下的智障儿
是在赞美糖纸——

赞美下凡的仙女，或
插有双翅的小猪

每次孙老四总要把我喊着众神里的某一个
说我不来自城里，来自云端

才捎来好看的姑娘，和
美

每次我却认为这个快二十岁的男青年
是人类中患病的某一个，甚至是

水鬼，来自湖底
另一个世界

猪

多年来我朋友一直都在和洪湖
较劲，想在那座百米浮排上
养出一头猪。在湖心
在不为人知的岗材林子
我朋友早就厌倦了野鸭肉
还有飞禽般的生活，只想养猪
做真正的农民，而不是渔夫
但是那些猪，总会把湖面幽光
以及水中倒立的世界，错认为菜畦
或麦地，还来不及拱翻洪湖
就被淹死了。二十年了吧
我朋友一直都想在聚萍上
或苔藓处，养出一头猪
在洪湖，干一桩不可能完成的事
像某个写诗多年的家伙，试图
用语词去改变什么。可惜
我帮不了他。我又不是
很牛的诗人，能让猪
长出翅膀，像鸟儿一样飞翔

岛

某年某月某个秋日在茶坛岛与江苏帮
喝酒。半酣。第二代头领李少雷
令人开箱,调三弦
抚琵琶,自创苏州评弹
"在这座四面环水的孤岛,江苏帮啊
没有人愿意做我的继任,江苏人啊
已回不到故里阳澄湖……"间或
他会小抿一口女人送上嘴的酒
我的好兄弟,在晚风中
在洪湖人之外,寻欢
作乐,笑起来,却像哭。一生中
他从未向任何事情低过头,即使在
三十二年前的那场械斗中,为鱼草
田螺和食物链底层的东西,一个人
面对五杆排铳,他也敢迎着
枪口,将洪湖土著赶出
茶坛。但这一回,我的好兄弟
看起来好像屈服了这些:酒
或者命运。于是,江苏人

似乎就全都围过来了。从那段
唱词，跑进他的喉咙
胸腔和泪，又从三瓶野莲酒里
蹦了出来……某年某月某个秋日
酒局，像隐喻。有关江苏人
也许还象征着洪湖土著和其他
移民，以及人类的。假如我
将酒席延续，某年某月某个秋日
由于厌倦孤岛，江苏帮
第二代头领，不知怎么用假酒
毒死了自己，我也不会责怪
李少雷。他信仰酒就像我信仰
语词。按他女人的话来说
在洪湖，我的好兄弟
已为阳澄湖献出了灵魂。但我
不清楚灵魂在哪里？只知道
阳澄湖在江苏

自查报告

入江口拖拽泡沫，能证明洪湖
汇入长江。但站上泄洪闸顶
我不能证明，谁已在江流
登场，或在洪湖
缺席。这世界，多谁
少谁，都不会改变江汉平原。弦月
午夜一点，醒来。自书桌步入荆江大堤
无边的防浪林。若在白天
这些速生白杨和水杉，总被我误认为
坟地。事实的确如此。入江口
拖拽泡沫，在林外的黑地里飘荡
闪耀，像招魂幡纠缠长江和
洪湖。而夜晚无所不知。江流
返照，衬托世界的暗角，我几乎窥见
我为何来到这个世界。不为江湖
泡沫销魂，只寄命书桌上一页
摊开的稿纸。刚刚我死于上一行
诗，却又从这句汉语里活过来

写于清水堡庙被改造为度假村之时

太多的重型机械早在开春就强渡洪湖
包围了这座庙。清水堡
已是废墟，难于回归孤岛

不为世界所知。照我看
十一月最后一个黄昏，霜打洪湖
也不能打消那台吊车与清水堡庙的紧张

矛盾和焦虑。两个工人
身披晚褛，攀上云梯喷巨幅广告漆
续写的却是战时动员令，如洒血书或

檄文，对着霜天
盟誓，要把那些明末年间的瓦砾
改造为度假村。三台挖掘机

在芦苇与蒿丛间穿插，早已发动
战争。每脚油门都能摧城
拔寨，在庙墙上轰出缺口和裂缝

而那尊镇寺的仿木关公请离码头之后
在冲锋舟上仍然渴望上岸，成为新菩萨
拯救洪湖。诗歌

该如何推倒汉语的殿堂
重塑新神？诗人们大多迷信混圈子
就能完成这种使命。但照我看

十一月最后一个黄昏，才是唯一的正途
霜打洪湖，我一个人
驾着三匹挂机，从城里开始

经付湾过挖沟子转金湾村，在天黑时
迷失。一只归巢的白鹭
却如指南针

闪闪发亮，一直往前引领我穿越
洪湖，抵达
清水堡。再往前

渣土车大灯如鬼火，在庙外
游荡，照亮残垣
断壁。直至施工警戒线外的霜地上

一堆破损的弥勒佛像拦住去途：若
真可以超度这个世界，来生
我甘愿变做它们。但这个黄昏我更想做

那只白鹭，在大雄宝殿的残廓间
在卤钨灯光底下，在废墟上
一直叫着，没把那些重型机械放在眼里

黎　明

天黑后我睡在被拆了多半的大雄宝殿
倚着空出来的神位，听到打桩机后面
那片芦苇荡里，隐约传来
木鱼声。风打残庙，也打响脚手架
空空的钢管。似呜咽
如抽泣，远远地
又像有人绕着这间残庙
彻夜诵经。我以为
那个天黑前就已上岸的老道姑
又回了清水堡。天快亮时
我一个人朝那个地方走去，两只
紫鸳，却从芦苇荡里
刺出来，越过打桩机和脚手架
奔着洪湖，噗噜噜，飞了

摇摇晃晃

日落前塔吊拉下长长的黑影
横着清水堡庙的颓墙。霜风中

这个摇摇晃晃的大家伙，就真以为压垮了
那间佛堂。换种角度

拿一尊关公的眼光，打量
虚空，却是一口偃月刀的旧刃

在断檩和残廊间，撑着
某些摇摇晃晃的东西

旧 病

孤独
让人心灵手巧。天黑前那个老尼姑

坐在洪湖的反照里，倚靠庙墙边的垛口
补那件发白的僧衣。要是我能拜她

为师，一辈子守着清水堡
写诗，在语词间修行

就像怀着青年时代的残胃炎，尝试野莲
青蒿和自然主义。我也可以在世界

微小的光亮中
穿针引线

缝合那件旧裳，汉语的
旧病

歉　意

不在城里

寻欢，我就在清水堡庙

面壁，与洪湖

独处。子夜。醒来

步入一间掀了顶的房子里

破败的神圣。月照烛台

草垫，神龛，条椅，残柱。是我

在天黑前，见过的那间

佛堂。我抱紧双臂

折腰但不屈膝，就能扛着夜霜

洪湖的冷。算作向众神

离去致以诗人的歉意

悖 论

早该拆了。这些年
在清水堡庙，除了那个
唯一的老尼，就是鹭鸟
黑鹳和芦苇；除了几尊佛像
就是施工队携带卷尺和经纬仪在丈量
苔藓和荒寂。这些年
在清水堡庙，除了住着洪湖
一百万颗人心，而人心是虚无
我从没见过香客，更不用谈与神相遇
而众佛之经我全都读过，却不知道
在说什么。但我知道度假村
老板们的想法，好好的一座庙
荒着，如同一个人
在洪湖鬼混，却不写诗。怪可惜的。

在阳柴岛

我熟悉这渔村，如熟悉洪湖的孤苦
不幸。蜈蚣草、青蒿、芡实和莲
掩埋 217 户渔民，阳柴岛
看起来像是野坟。四面环水
我借别人的船，早已在此
栖居。多年前我就承认
我儿子在县城学籍栏里
对我的描述：父亲
无业游魂。多年后我更愿孙子们
拿我当水鬼，而我的后来者
会把我看着什么：天鹅
朱鹮或洪湖的珍禽？荒诞的命名之后
阳柴岛依旧十年九不收，收获绝望
寂静，我得到的回报是
现代汉语诗。正如风打渔村
送来洪湖湿漉漉的空气
虚无，也是

在湿地保护区

天黑前我就看见省城来的教授一直都在

指点那几只天鹅，却望着一拨学生

说个不休，像发现了真理

又像把武汉大学搬进了洪湖

五个年轻人站在雪雾里

围着一架望远镜，边跺脚

边在笔记本上为那几只天鹅编号

重新命名。风大得几乎要把洪湖

吹成地狱，风早已撕烂那二三册

教科书，我也不在乎那点生物学知识

早在人们进湖前，我已修完洪湖的

自然主义。在这片野蒿林里

我认得那几个天外来客，是去年

来过的哨天鹅，却不知道怎么

少了二只。在洪湖

我要寻的，只是这个世界

缺损的，一架望远镜

不可能发现。也是在天鹅

栖身的那块湿地吧，在人们

称为天堂的水域，七十年前
有几大间水牢，关押过半个连的
战士，和这拨学生差不多
年轻。离世时全都没有留下
姓名。天黑后我就撇开那架望远镜和
知识分子，独自摇桨巡视孤岛
期待碰见某个无名英雄，而不是
天鹅或候鸟，彻夜长谈
坐穿洪湖的可能性

渔船史

从麻布帆船到乌篷和三匹马力的挂机
再到大吨位水泥船
汽艇和豪华客轮。在洪湖
讨生活，就得洗檀木桨
螺旋叶片和椿木舷，大卸
渔船，除锈
去污。像一个人在洪湖
把自己拆开
洗骨

开车在八卦洲遇牛

开车去洪湖，与牛，在八卦洲

迎头相遇，等于自取其辱。土路

两面临水，我没办法让这一辆小车

避开一群牛，在洪湖

进退自如。而牛

堵在路中心，竖起犄角

边反刍，边拉开架势

要和我拼命。如同乡绅

发怒，横起龙头拐杖

守在村口。而我不知道

该如何去安慰乡绅，所以

我不清楚该怎样去对付一群牛

在八卦洲。与牛

对峙，打双闪

转向灯，摁电喇叭，耍

现代交通招数，甚至

猛踩油门，让发动机颤抖

让这一辆小车，像困兽

低吼……每一回

我都是失败的。我只是奇怪
八卦洲养鱼，无田可种
无地可耕，养牛
干什么呢。一群牛
怎么可以分担洪湖的奔波
愁苦。就像我总是怀疑自己
开车去洪湖，我的心里
莫非也住着一位乡绅，养有
一群无用的怪物

观 浪

多年来洪湖一直如此：无论风从哪个方向吹
浪总会朝我扑来

世界的破碎
消逝，我该担责

洪湖入江口

洪湖入江口在野坟地外吼了一个冬
那些逝者以为又有可能活过来了

此地距大海千余公里，相隔安徽
江西和江苏等四个省市。洪湖入江口

拖着长约三公里的泡沫和
崩溃，也以为可以找到归宿

中秋在洪湖入江口赏月兼观打渔

夜半时打渔人还在撒网
搬罾——值此中秋佳节之际

手艺人
愿你捞起水中月

愿我与溺水的汉语
在洪湖入江口早日团聚

看 船

2015 年 6 月 1 日 21 时 30 分，东方之星轮在从南京驶往重庆途中突遇罕见的强对流天气（飑线伴有下击暴流）带来的强风暴雨袭击导致的特别重大灾难性事件，在长江中游湖北监利水域沉没。

经过有关部门调查核实，最终确认"东方之星"客船上实有人员 454 名，其中游客 403 人、船员 46 人、旅行社工作人员 5 人。

"东方之星"最后一位失踪者遗体已于 2015 年 6 月 13 日找到并通过 DNA 比对确认，至此，全部 442 名遇难者遗体均已找到。2015 年 6 月 13 日，经过逐一的身份甄别核实，获救者人数由最初公布的 14 人确定为 12 人。

———— 题记

1

在大马洲江滩外，一个人警告我说长江
在 6 月，从不把任何人
放在眼里，不要下去。堤上

一个女孩子右臂系黄丝带，递给我
一只口罩，匆匆
掠过救灾棚，就顺着那条救生便道
小跑而去。她要穿过防浪林
在那片刚刚返青的草皮上
在我的视线尽头
工作。她要给整条长江
戴上口罩，捂住江水的呜咽和抽泣
我闭上眼，在细雨中
倾听

  2

柳絮自白杨林中飞出，贴在胸口却成
祭花。江滩上

野菊和栀子树暴出各自的体香，阻止了
来苏水和消毒液在江边弥散

一个外地志愿者送给我
矿泉水。阵雨中

她年轻的泪眼，噙满那个三岁小女孩的
清纯和祖母般的哀伤

3

整个傍晚，车载收音机都在计算吨位
吃水和龙卷风。但无人能清算哀伤有多重

雾从江边升起，我几乎混淆了
人世的黄昏与黎明

整个傍晚，那个好看的女向导都趴在副驾驶座里
哀求我

从公元 2015 年起，每到 6 月 1 日
请不再找她，陪在长江边看船

分洪区

这样一个事实必须表述：洪湖
这座县级市，只是武汉的分洪区

我们就这样，守着长江
活着，仿佛守着
自己的灵柩

事实的确如此。在我
刚要被怀上的深秋，恰遇
洪湖决口，泄洪。小城
灭顶，绝望
如难产妇

未曾出世
我们已分担世界的不幸

真　好

住在这里真好：洪湖
幽静，却心怀理想
奔往长江。泄洪闸外
入江口打着两三公里长的漩涡
切开荒滩，在防浪林里低徊
呜咽，听起来像我父亲
刚失去唯一的女儿。住在这里
真好：悲伤与我为邻
快半个世纪了，我从未劝阻
洪湖，心怀理想
奔往长江。而今春大涝
泄洪闸关了整个夏天，长江
依旧东去，寻到了远方和大海
住在这里真好：伟大
总有人成全，犯不着我和洪湖混入其中

黄 昏

黄昏时我喜欢爬上荆江大堤，看长江
冲着家门拐出一个大弯，似乎想
带走我，又像是要带走那片防浪林
但在这块长达两公里的风水宝地
长江没带走什么，却送来流水
和活命的，让我像人
做起了父亲。我想我还得
熬成祖父，像长江一样包容
豁达而慈祥。这个世界
总该有几个小的，当
诗人的孙子吧。但作为人

我对命运从不逆来顺受
已然中年，却怀有一颗
少年的心，爱长江
还有那一片林子。可每到我
翻过这道大堤，几只归鸦
就会在林巅上跳跃
叫唤，歌唱着对黄昏的爱
我真想爬上去，好赶在天黑前
告诉那些我看见或听到过的
我爱你们

哨 屋

溯江，或顺流。在荆江大堤每走一公里
就能遇见一幢红房子。那不是庙宇
别墅，是瞭望长江的哨屋
想到我与它们，已被同一个汉字
命名，如长江是万千支流的母系
对我来说，这就是家谱和来历
我想，哨屋就应该住着我
走失多年的亲人。最好
能撞见某个殉情投江的女鬼
陪我拐进防浪林，探讨人间的爱
恨。每晚散步，我撞见的情形
却是：一旦我靠近哨屋
主人就会摸出砍刀，重重地
劈响柴薪，仿佛我是浪渣
在江边，根本烧不出一顿晚餐
简直一无是处

3 月 26 日的诗

野坟地外边那棵死了多年的桃树
不知怎么暴出了两朵小白花。我记下
植物身上藏有世界的谜底。而在我
散步的小路尽头，洪湖入江口
人类之外，还有哪些不可思议
发情的斑鸠，废避孕套以及
脚底崩溃的湖岸。一道
爬满苔藓的湖岸。苔藓攀上绝壁
却闯进高处的乱岗，不见踪迹
但我不会就此闯进去。就算有谁
请我，也不会去。天已经暗了
我得顺着来路，赶回工作室
每晚到此，我并不为探访
那棵桃树，只为长寿，活得
更老一点，好等回那些在地底下
走失了的秘密。我不急，有的
是耐心和好身体。可在我
背对洪湖的时刻，水杉树巅上
那窝刚刚破壳的乌鸦，不知怎么

吵了起来。我听着
两眼望向远处，唯见长江
流向天际，又奔进虚空

铁 牛

这些年我一直都在荆江大堤附近，找
明万历年间的铁牛

可我为什么要在水牛遍野的长江中游
找古代的牛，原因至今不详

但我从未见过那头铁牛
只见过一座叫铁牛的小村

而当我怀疑起五百年前的烂铁
不可能变成镇江之物，坐享

一代一代的江水，奔向大海
与虚空的梦

那些将要去虚空的
老人，却会面朝长江

献出三岁的牛头，年过古稀的

双膝，及村庄的黄金

没办法。我要找的牛
已交上好运

它因一条江的伟大
混成了平原的神

钓

整个下午那人都坐在江边
甩着鱼竿

每拉起来一条
却又会被放回去

天黑时　那家伙空手
走了

世界
并没有想钓的

拒绝人类

长江万古流 没了
白鳍豚

十多年了。在这艘救助船上
我也没有等到这种喜悦

我理解白鳍豚。野兽就该拒绝人类 自由自在。

拒绝人类

长江万古流，废了
白鳍豚

十多年了。在这艘救助船上
我从没有等来这种兽

我理解白鳍豚。野兽就该拒绝
人类，自生自灭

集体婚礼

整个上午我都蹲在防浪林外，眺望
那二十一对新人。但没人发现我

在想什么。我假装欣赏长江
对岸的广告牌。假装爱

这个世界。整个上午
我都蹲在防浪林外，听江风

吹拂新人和婚纱，看谁
已先为人母，又在重复

我的命运。看谁
守身如玉，还在乎传统和道德经

窗

湖边四季分明
多雾，风因荷香与腐草味
而生蛊惑。但迷恋植物生死的
不仅是蜂蝶和孤鹭
还有我
窗外
某处朽椿，在九月
已顺应湖边的冷雾与
荒僻，暴出了
两点新枝。而我
早已顺应窗上秋日的
繁复。檐上
几朵蘑菇，不可思议地从苔藓里
探了出来，如一窝
刚刚破壳的燕雏。檐下的蝙蝠
却无视湖边的奇迹，只忙于
衔来湖蝇和瓢虫，彻夜
哺乳——透过窗
除了世界的窸窸窣窣
我还听见了什么

悲 哀

没有一条河流能在洪湖境内
保全自己——

东荆河全长 140 公里，横贯江汉平原，却在洪湖县
界处走失，归于长江
内荆河全长 348 公里，串连众多小湖，也在洪湖县
界处走失，归于长江
而夏水是先楚流亡路，深广皆为想象，早已随云梦
古泽走失，归于长江
而其他河汉，还不足以
与长江
并论

而长江全长万里。穿越十亿国度，但在地球某角走失，
仿佛众归宿
唯洪湖能保全自己，如我命

想　象

我独自坐在荨麻草丛想象这条河流的来龙去脉，就觉得西藏、四川、重庆、湖南、湖北、浙江、江苏和上海也在想象我的一生。我仿佛听到有人从高山和雪线下走出来，穿过大漠、峡谷，途经乡村、城市，一直返还到了大海。像我路遇的亡命者、流浪汉、酒鬼、赌徒、穷亲戚，操着混杂泥土的方言。

需要想象。

这条混杂泥土的河流是某个人颤巍巍的手指刻进大地的契形文字：一 。唯一，一生。

需要想象。

这条"一"字形展开的河流是一把锈蚀的刀子，埋进时光的腹部，和唯一的一生等长。我想象刻字人和埋刀人是同一个古老的人。想象这家伙有一张比恶鹰还要阴暗的脸，比蝎子更加毒辣的眼神。我想象这个古老的人就隐居在荨麻草掩盖的国家，散发牛粪、啤酒和孤寂的气味。

需要想象。

那个隐居的古老的人怎么把一代一代死去的亡命者、流浪汉、酒鬼、赌徒、穷亲戚、恶鹰、蝎子，怎么把一代一代死去的人，弄进了这条河流融化。搅拌。沉淀。
只留下不能淘走的沙子。这些黄金的母亲，来眷恋一群牛
犊俯首啃草的谦卑，像啤酒泡沫一样消失的日子的琐碎。
需要想象。
一个古老的人为什么具备凶手和仁爱者的双重姓氏
荨麻草的籍贯
以及这条河流的年龄？

汉水诗

整个傍晚我都斜在龙王庙的水文石标柱上看
汉水，无声
无息，在长江
消逝。看起来汉水已领受失败的命运

整个傍晚还有两种失败，我也早已经认命
一是妹妹的癌，二是现代汉语诗

在嵩阳寺

在索子河镇嵩阳山脚下，一个人
拦住我说不用上去，嵩阳寺
正在重修，这个冬天
不可能完工。河边
一个女孩子满脸惊恐，匆匆
掠过我。莫非，她比我更需要
这座古寺？山腰
她从牛棚搬出两捆稻草，蹲在
一头刚刚分娩的母牛旁边，抱起
那只牛犊，边铺开枯草
边跪在霜地里，整理那张床
像小母亲。我抬头
仰望嵩阳寺，五六个工匠
围在紧闭的寺门外
正忙着给那尊木雕上釉
描漆。这个早晨
在索子河旁，嵩阳山上
神还没有诞生

25号螺纹钢

早上，在病理科等两份化验单
几个工人一直都在医院工地

围着一台冷轧机
切钢筋。那种25号螺纹钢

有中年男人穿过病房的神色
铁青的脸，掺杂锈迹

我注意到25号螺纹钢被送上
冷轧机，没有像我一样挣扎

颤栗，没有喊出
想象中的尖叫。在医院

悲伤的人，一直忍着
伤悲，仿佛什么也没发生

直到两份坏透顶的报告传过来，工地上

几个工人好像竖起了更锋利的东西

我想向 25 号螺纹钢
学习。早上

就算父亲躺在重症监护室，妹妹的癌
渗进第 22 节淋巴。无所谓的

就当这个世界从来没有
人类，只有冷轧机和 25 号螺纹钢

哀　歌

1

小女孩漂亮的粉脸蛋，从那位年轻爸爸
身后探了出来。在武当金顶
他们一起守候云雾里的日出
却盯着我的脸。我跪在
神的脚下，一直在
低语，为生病的妹妹
祈祷。假如乳癌
像这场日出，在武当山巅
云开雾散，在人世
消失。我将像这位男人
放下工作，背着女儿
爬山，我将牵上妹妹
爬回比童年更深的时光
做妹妹的父亲

2

隐仙岩像废墟
悬在半空。愿我可以找到密修者
一起忍受绝壁处的人生，忘掉语言和
妹妹的癌症。在云中，在栗子树与
女儿红间，愿我能用这堆乱石
重建倒塌的密室，恰巧容身
安魂

记录一场暴雨

我不相信我能穿越这场暴雨。暴雨
沿汉宜高速公路奔跑，却把村庄
集镇和桑田变成海。暴雨
百年不遇。我应该进服务区
躲避世界在江汉平原
沉沦。但我要赶往两百公里外的荆州
见弥留之际的惠子，没把这场暴雨
放在眼里。出武汉南
我就尾随一队载重大卡的双闪灯
一路往北。我发现世界
沉沦，总有光
引领我，总有死生事
值得舍身。后来我抵达肿瘤医院
车载收音机一直都在播送交通伤亡数据
我不相信我已穿越这场暴雨

断　章

惠子：2016 年 6 月 16 日 14 点 50 分
我在肿瘤医院丢了妹妹

　　　　　　　　　　——题记

1

太阳雨翻过医院门禁，却绕开
太平间，躲进樟树林

泪流不止。这个世界
有比我更悲伤的人

我悲伤
但不哭

我一直守着装殓工，像守着死亡
大师，等候一个女孩子

画眉，扑腮，描红。像午休后

在闺房里打扮，从停尸床上

醒来，陪我看
太阳雨。整个午后

我一直等候
美，在太平间

复活，站在肿瘤科住院部的走道尽头
在这个世界，看雨滴

阳光，在樟树林
在悲伤里，躲来躲去

2

谢谢护士摘除呼吸面罩。护士没错
惠子再不会叹息这个世界

谢谢大夫关闭心电监护仪。大夫没错
惠子也不会为这个世界动心

谢谢清洁工打扫三样东西：吗啡
漱口杯和旧衣物。清洁工没错

我蜷在 18 号病床边，搂着惠子
也在垃圾桶里，塞进

我的三重身份：哥，情人和小父亲
哎哟，惠子！我已将妹妹剔出

汉语，却如人类
无法治愈癌症。哎哟，惠子！

我一直忍着这种疼，来不及道别她们
人世

3

陵园管理工合上墓门前，安下
惠子的相片。如此甚好——一个女孩子

着盛装和美，端坐松柏
紫云英和花岗岩间，如嫁娘

待字闺阁，迎娶
百年郎君。如此甚好——我折腰

屈膝，与那块墓碑
约定来生。百年后

我会比肩那个芳名，刻上
我的姓氏。但得让我赶写一部诗篇

捎进骨灰盒，赢得
另一个世界的芳心

4

6月的江汉平原绿树成荫。把墓地
人世，混淆成同一个世界。死

即生，生
亦死。惠子

在溪涧和晨雾中远足，更留恋
世界的哪一半？而鸦群

仿佛郊游的女孩子，披黑纱
漫过山岗，却痴迷

我刚刚备下的供果和早点
挤在墓前的空地上，叽叽喳喳

替我草书墓志铭：爱
生，爱死

丁酉清明的雨

丁酉清明又是雨纷纷
我不知道清明为什么总要下雨
我妹妹自去年夏日出门
就没能从墓地回来，似乎
耽搁在丁酉清明的雨里
也没能捎个口信
问我：带雨披了吗
带了呢，妹妹。紫云英
早已撑起小花伞，陪我
守在你下山的路旁，忍着
丁酉清明的雨

内环线

几只乌鸦，靠着内环线
在编辑部窗外的林子里筑巢

我是说，我早已厌倦这种日子
对着 E-mail 或投稿信笺编诗

厌倦汉语，对着虚拟的世界
抒情或叙事

而乌鸦，却热衷于靠着内环线
安下新居

我是说，乌鸦是我的反证
家是诗的悖论

我是说，最理想的工作
是爬上那棵梧桐，与乌鸦一道

在天上，在编辑部外面
完成一部崇高的作品，看人间

沿着内环线，替我
在武汉进进出出

在积庆里

很多年来积庆里都是汉口的
心病，这片华中最大的慰安所旧址
夹在汉正街与六渡桥商业区中间
却沦为废墟。每回陪朋友
来这里，采访不多的幸存者
如何在积庆里幸存，穿过那条
混杂潲水和马桶味的里巷
我总能闻到地狱的气息。丙申冬
天冷得我直不起腰，我的朋友
担心那位韩国梨花女子大学
1938 年的新生，扛不住这场奇寒
就从马尼拉开始，绕道新德里
苏门答腊和卡拉奇，飞抵我的城市
要在积庆里，为全球慰安妇里
最后的女知识分子，留存
遗照。而对于人类，我认为知性
与否，都一样。所以我不关心地球
只关心汉口，准确地说，是
积庆里。譬如：那堵矮墙

斑驳，垛口挤满苦楝，比上次来时
又矮了寸许。雪再大点
下场估计和韩国老太太一样
随时倒掉，消失得无踪
无影，仿佛从来就没有在积庆里
出现过；而那些破得几乎散架的日式
木窗上，挂有冰凌，有腐痕，有风
刀子样，划拉着20世纪
糊上去的报纸，有晾衣绳扯着照明线
如监狱高墙的电网，吓人地
扯着。有几台老式收录机，躲在
生漆门后头，咿咿呀呀，唱着
悲伤的楚剧，仿佛一群少女的冤魂
还被囚禁在积庆里……也算是心病吧
我的朋友，我已计数不清
有网络拍客、摄影师、纪实作家
专栏写手，甚至，有一夜成名的演员
在这片废墟，都已各自完成
伟大的作品。但我却从未见过一个

写诗的，在积庆里

抒情。仿佛阿多诺之于

奥斯维辛，积庆里

之后，汉口繁华

诗人满城，却从来没有

诗。丙申冬

与那位韩国老人相同，一旦风

裹着雪。从巷子尽头

轰隆隆地打过来，就有一队日军

端着三八大盖，轰隆隆

在我耳边踏响进攻的步子

园 艺

午休时，江滩公园的老师傅
还在花带里工作。在樟树下
给黄杨球剪枝，在枫树和法国泡桐边
给红金木打顶……漂亮
低矮，整齐。与侧柏树
秋菊和兰草一模一样

午休后，这个园林工
一直担心，灌木们的小圈子
影响乔木长势和那片崇高的国度

在青岛路

我来的时候，英国驻汉总领馆的旧址
已改造成一家刚开张的投资公司，奥登
住过四晚的房间，也被修葺为
大户接待室。算是奇迹吧
那口壁炉还在，炉门
虚掩，好像奥登也还在
就蹲在那几根仿木条的火堆旁，烤着
一件羊绒短套，领口
或下摆，还沾着七十八年前
大西洋的腥风和血雨。而现在
在这幢老洋楼里，我想
除了我，再没有谁在乎奥登
和这一桩事。几个经理模样的人
一直盯着我的旅行布袋，忙着
推销，两三款新上市的理财产品
与生活的种种可能。现在
是 11 月，天气和奥登到来时
一样糟。冬雨淋着天津路旁那座
废弃的教堂，也淋湿我

怀揣的城市地图和奥登选集

而等到天黑下来，我快要逃出

那扇欧式拱门，几个家伙

还把我堵在一面拉毛墙前，说着

我不关心的事和人。公元 1935 年

暮春。某夜。奥登也被困在

这堵墙的前面，朗诵那组

未完成的作品。我想，奥登

向大人物们朗诵《战争时期》

第十八节，诉说中国士兵

和小人物战死的命运，神态

应该与我完全一样，失魂

落魄，又掖着诗人的怒火和绝望

黄鹤楼补遗

在黄鹤楼入口的拐角处，一位老人
对着那个算命先生，半跪上马路牙子
佝偻身，头抵在膝间诉说
一生的遭遇。却像是对着那列
刚刚横过江面的火车，复述
别人的悲苦与不幸

——可不可以请这位江湖术士占卜
写诗的可能性

要经历什么样的人生，才能成为武汉的李白
或白居易，配得上长江和楼内的汉语

我的狗

我的狗，八岁。出门散步
从不和别人拉帮结伙，从不讨好
大的，不欺负
小的，沿着外环
只知道跑。这是否与我有关
谁知道呢。我的狗
纯种萨摩，出门散步
从不追赶谁，也不被谁追
沿着外环，只知道跑。仿佛
跑是唯一的使命。这是否又与我有关
但愿不是。我的狗，出门散步
就会扔下我，蹲在马路边上
望着斑马线和红绿灯
发愣。这肯定与我无关
与外环有关。就像这条快速通道
守着双向隔离带和交通法规，我的狗
八岁，纯种萨摩，为了跑
也守着两条底线：从不惊扰外环
反之亦然

示儿诗

儿子的手机一直震个不停。年轻人
刚刚考研成功，幻想
用一款免费聊天软件，在武汉
唤回那位远在地球背面的
女生。愿爱
拯救全人类。愿年轻人
再次成功。但我已倦了
得与失，就算在外环边上
独自老去，我也懒得去碰你们
儿子辈的那种小圈子

岔 路

烦了上班，我就会溜到窗口去看建设大道

与解放公园路的交叉道口

倒不是说那几盏红绿灯有多美

而是因为那四条岔路

藏有武汉的悖论。比如

关于灯。在大白天

没有人提灯上路吧，也没有车

不带灯穿城。但在岔路口

每一辆车却比人

更需要那些光的指引。关于灯

昨天午后我就曾经听闻这种悖论

刹车响起，就有人放声大哭……像阮籍

又如弗罗斯特，面对岔路

但在建设大道与解放公园路的交叉道口

关于灯，就算以命

相搏，我也没发现谁已变成武汉的弗罗斯特

或阮籍。所以我祈祷

这座城市不再产生诗人，因为死亡

总让我不忍。我祈祷

这座城市只产诗，恰如这辆双层巴士

对着交通信号灯长号悲鸣，却总能把某个姑娘

送进我的窗户。而窗后的上班守则

管得了我的人，却拴不住我的心

我可能随姑娘们去建设大道

也可能进解放公园路。到底该闯进哪条

岔路，已由不得我把握

在丹江口水库

一路上都有人在指点丹江水说，亚洲第一大
人工水库，在伏牛山与秦岭余脉间
穿行，是伟大的隐士

而一路上我都认为，指点山水的人
并不理解山水的痛苦。比如
在坝顶，眺望那条泄洪渠

就知道丹江水，从南到北横贯长江
黄淮和众河，并不想成为河流
寻找大海。丹江水只为挣脱自己

像我，一路上混在游客中间
早已不是众人

偶 遇

在知音大道尽头，子期
衣冠冢前。内环线下
一个人倒在墓碑旁边，狂躁
如昨夜糟蹋白菜地的黑獾
他刚刚在乡村葬礼的酒席上
被灌得找不着家。他拼命
拍打墓碑，在风中
恸哭，哀号："开门！
我要进去！"而风，从外环
刮过来，把墓草
压进坟里，却把那个醉鬼
当作祭物打翻在地上

秘　方

汉阳村做热干面的师傅，在外环线
拐进村口的空地，守着
这家门脸，磨面粉
掺牛筋蹄子，榨芝麻
添羊蝎子。他一直想把自己
的老骨头，当麦种撒了
熬制汉味食谱的秘方
喂养村庄。可现在
整座汉阳村循着外环迁进城
早就撂荒了他心中那块疯长的麦田

樱花，樱花

一到春天，樱花就如公元 1938 年 10 月的
日军，强占珞珈山的每个角落

在这所百年学府的文学院办公楼前
在侵略者的司令部

一到春天，请谨记我的诗歌美学——
樱花有多美，人就有多深的罪

火车，火车

又一辆火车从内环立交的铁路桥上
跑过来。我在桥边
我能看到火车
我听不到火车的声音

火车南来
北往，好像从来没有发生

这里是内环立交，人人看起来
比火车还忙。我想
没有谁像我，在铁路桥边
有空思考，火车
为什么失去呼啸和颤栗

过小太平洋风景区所见

天快黑时都有观光客站在凉水河镇外
望着那片二十公里长的水域，呼唤太平洋

水库果真就装出海洋的样子，蓝得
让我不敢相信

知音湖边候友，闻鸟鸣

几只棉凫在窗外的银杏林里飞来飞去
一直叫到天黑。这种呼唤

在知音湖畔，总让我以为是朋友在机场
或高铁站，拨响了我的手机铃声

在汨罗龙舟厂

见河的第四条岸

关于河，巴西人

若昂·吉马朗埃斯·罗萨已找到

第三条岸，就是用含羞草

打制的那一艘船。至于此岸

彼岸，根本不值一说。而关于河

还有一条岸，从没有人发现

却如怪兽，早已经在汨罗龙舟厂

诞生，耗尽潇湘

古楚，一代代的杉树

香樟和无边落木

10 月 14 日在洞庭，岳阳楼 970 年大典上
观无人机航拍直播

雾霾里我只能望见那几架无人机
看不到巴陵胜状

几个朋友站在嘉宾区，沮丧
落魄，闯进航拍屏幕

却像那一群被贬的家伙
又回来了

他们从外省赶过来，坐飞机
或高铁吧，但都比我晚了半日

仿佛我一直活在宋朝，早就在等着
970 年后的掌声和欢呼。而众声喧哗

只有一种声音，是螺旋桨撕裂雾霾或
空气，却引得围观的画眉在笼中

扑腾翅膀，还有电动捕捞船拖着红鲤
闯进了镜头。我发现

有些鱼，在洞庭湖
是兽，是网不到的。比如，白鳍豚

有些鸟，在岳阳楼
是雾或霾，是关不住的。比如，苍鹭

而雾霾里我一直没看到巴陵胜状
只好守着那几架无人机。我想看看

我们这拨人站上红地毯
该如何表演

经汨罗江大桥

从中巴车上见芦苇花开

花开谢世，大美含悲。芦苇
挤在汨罗江边乱如野坟。书上却说

那是蒹葭。好吧，我不介意
云梦泽消逝的地方或滩涂

荒野或湿地，是它选定的故土
至于我，我已厌倦，把名词

当安身立命的隐喻。我想回去
随芦苇的根茎，好吧，我不介意

随蒹葭埋在土里的未知
回到古楚。那时，一个男人

像我一样渡江，脑袋里没有语词
没有全球卫星定位仪，甚至

没有司南或指南针
导航，迷失在现已沦为风景的水域

就像这个秋日，我挤在大桥上的中巴里
却说不清楚是站在汨罗江上

还是走在芦苇上。好吧，我不介意
是坐在蒹葭上。而车流拥堵

凝滞，肃穆。仿佛奔丧
赶赴一场迟到的葬礼。此去十里有

屈原祠，再去百里是
杜甫墓。芦苇

已埋没诗人。好吧，我不介意
蒹葭，已埋没所有的诗和人

但根据前世，选择
今生，芦苇花开，大美含悲

漓江水车

余生我也想在遇龙河边造一架

水车，这样就没有什么能变成荒漠

就算住在喀斯特熔岩上，我也会守着属于

我的绝壁，重新浇灌出麦地

稻田和自己的漓江山水。余生我相信

我会在钟乳石上工作，不用谁

催促，仅遵循流水

和我的内心。即使在 12 月

滴水成冰，而南国以南

村庄依旧清新。我会看见

只要一阵微风，那些石头就会钻出

嫩榕或无名的花来

在竹筏上听山歌

刚下了太阳雨

象鼻山和骆驼峰在烟云里

奔跑，就好像我一直在世界的低处

沉浮。过水厄底码头

我还是背对那个船工，半躺在竹筏上

默数他的心里藏有多少山歌和

爱。这样很好，人人都是刘三姐

阿牛哥，除了青山

流水，不再有莫老爷

不再有悲伤，不再有分离，不再有痛苦

在遇龙河上我微眯双眼，十分享受

桂林山水外传

桂林山水甲天下。但从骥马渡
到水厄底码头再至青厄渡，我分不清楚
双狮山、情侣山、甲骨文山与芋头山
有什么不同。也分不清楚富里桥
和遇龙桥，更辨不明遇龙河与漓江
有什么不同。如同半个世纪以来
我读过的现代汉语诗，那种美
几乎没有什么不同

在黑龙江第一湾瞭望台

观大兴安岭，闻山鹰鸣叫

稠李头顶白色花环翻过
蓝莓丛，金达莱
披粉红纱裙，一路相伴
至江边。在瞭望台上。不用
高倍军用望远镜，我能看清楚
对岸。除高速巡逻艇上的
俄文，原始森林
和黑龙江第一湾，一模
一样。站在我的立场
依着一颗白桦，我想不明白
那些花儿，该如何横过那条
界江。而白桦

年近五旬，与我

同岁，高十二米，胸径

却不过十厘米。在午后的冷阳里

抻开手指丈量，比我瘦了

差不多三圈。长不高

长粗，长壮，还不行吗

就在这样安慰自己的时候，一只山鹰

逆着七级左右的山风，沿黑龙江

逡巡，鸣叫

　"在年平均气温零下三摄氏度的

高寒带，必须比这个世界

更冷静"

北 极

江鸥绕着神州北极界碑
一直在叫着。国境线附近

江鸥好像用东北方言
在唠着什么。江鸥

唠中国的黑龙江
也唠俄罗斯的阿漠尔河

江鸥自大兴安岭升起，越过 5 月
残雪，却落入江中心

在零下七摄氏度的春风里
依次排开。仿佛那支巡逻队

沿着宿营地，布下
警戒线。风大起来时

江鸥不持护照，就过了边境

没入对岸的林子。江鸥知道

那边的白桦
与这边的白桦，同种

同属。那边的樟子松
与这边的樟子松，同种

同属。那边的野蓝莓
与这边的野蓝莓，同种

同属。江鸥知道
江鸥的祖国是大兴安岭

江鸥还知道，横渡
黑龙江，或阿漠尔河

往北，再推六十多万平方公里
推至公元 1858 年，也是 5 月

才能飞过栖身的原始森林
抵达汉语的北极

5月20日在洛古河旁与人谈论春天

傍晚，有人蹲在洛古河滩上
在东方红拖拉机犁出的石头缝里
播大豆。两只灰兔
匍匐在冰面上，彼此帮衬
把一根野莓枝拽进大兴安岭
还忙着储备浆果。5月，小动物
对世界的认知，和我一样
春天远着呢。天快黑时
最后一粒大豆被踩进冻土
——愿洛古村的冰，不要扎破
那双皮靴的橡胶底。除了这一句话
在洛古河边，我不会有别的祈愿
赠给那个人。再过两个月
连石头也能开花来

孤 独

秋天起，莲蓬就在内环线
两边的野塘里倒立，准备谢世

我懂一个人，在孤独中
如何壮美地赴死

而孤独是——

我不是循着内环线奔出武汉
就是被堵在外面，无法入城

不写了

不写了。湖中的关怀和温暖
我已经写尽

不写啦。不写大雁是天上伤心的人
不写我是湖边的好市民

洪湖边，落日下，秋风中
有多少碎波如银
而渔船重新上釉，却还是村庄的浮土

不写了。不写这大水里的某一日啊
有美酒朋友相伴。就算那湖庙里的高僧
转世，也参不透人前的欢颜
是我人后的孤单。不写了。 真不写了

不写了
不写了，海洋的美好和温暖
我已经获得

不写啦，不写大概是天上给我的
不写我是让他也不好意思

围着池，夕日下，私风中
...少不离皮和眼
...船...上路，却这是...

不写了，不写迫大水里...
...相伴。...
...也...人...
是我...而孤单。不写了，真不写了。

（京）新登字083号

图书在版编目（CIP）数据

蓑羽鹤／哨兵著.—北京：中国青年出版社，2017.12
ISBN 978-7-5153-5036-3
Ⅰ.①蓑… Ⅱ.①哨… Ⅲ.①诗集－中国－当代 Ⅳ.①I227

中国版本图书馆CIP数据核字（2017）第327015号

责任编辑：曾玉立
书籍设计：瞿中华

出版发行：中国青年出版社
社址：北京东四12条21号
邮政编码：100708
网址：www.cyp.com.cn
编辑部电话：（010）57350402
门市部电话：（010）57350370
印刷：北京科信印刷有限公司
经销：新华书店
开本：880×1230 1/32
印张：6
字数：100千字
版次：2017年12月北京第1版
印次：2017年12月北京第1次印刷
定价：38.00元

本图书如有印装质量问题，请凭购书发票与质检部联系调换
联系电话：（010）57350337